三國風雲人物傳 4

劉備的禮賢德治

宋詒瑞 著

新雅文化事業有限公司
www.sunya.com.hk

目錄

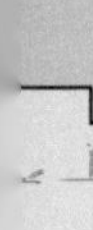

本書內容參考並改編自史書《三國志》、小說《三國演義》及其他有關資料。

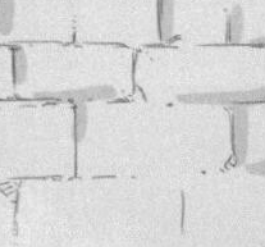

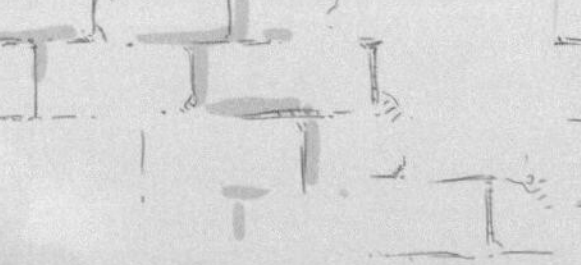
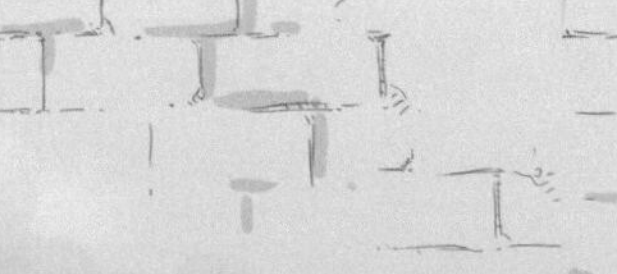

三國人物關係圖

曹操陣營

謀士

武將

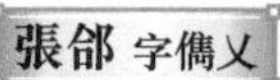

劉備陣營

五虎大將軍

武將

謀士

孫權陣營

孫權 字仲謀

家族

哥哥 孫策 字伯符

父親 孫堅 字文臺

妹妹 孫尚香

生母 吳夫人

軍師

武將

周瑜 字公瑾

太史慈 字子義

黃蓋 字公覆

呂蒙 字子明

謀士

張昭 字子布

魯肅 字子敬

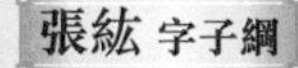

張紘 字子綱

諸葛瑾 字子瑜

天子及諸侯們

漢獻帝

父親

漢靈帝

脅持

董卓 字仲穎

義子

呂布 字奉先

武將

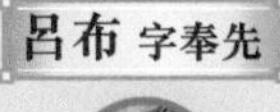

華雄

袁術 字公路

弟弟

袁紹 字本初

武將

顏良

文醜

第一章 引狼入室失徐州

收留呂布

話説公元194年，劉備按照徐州牧陶謙遺願掌管徐州，眾望所歸。曹操撤了圍攻徐州的兵，趕回去救兗州，經過幾個回合的**你爭我奪**，終於收復了兗州，於是又進攻被呂布佔領的濮陽，呂布軍被打得**七零八落**。呂布覺得自己不是曹操的對手，帶着殘部到徐州投奔劉備。

關羽和張飛對呂布都沒有好感，他們來勸劉備別收留他。關羽説：

「呂布這小子人品太壞，一貫**見利忘義**，你看他本來是大臣丁原的義子，但是收了董卓的金銀財寶和赤兔馬的賄賂，竟然殺了丁原改當董卓的義子，幫董卓幹了很多壞事。之後他中了王允的美人計，為了貂蟬而殺了董卓……這種反覆無常的小人，收了他

就是引狼入室！」

張飛也說：「呂布無路可走時就到處拜父找靠山，為了自己的私利殺自己的義父。這樣的人不能留在身邊，誰知道他日後會做出什麼背叛的事來！」

劉備溫和地解釋說：「呂布是個難得的**彪悍大將**，勇猛無比。只是他有勇無謀，常常為人利用。現在既然他走投無路想來投靠我們，說明他還是信任我們的。人在難中，怎可拒絕呢？何況正是他去攻打曹操的兗州，這才解了徐州之圍，有恩於我們呢！目前我們和呂布的共同敵人是曹操。當然，我們要對他保持警惕，以後會怎樣也難說。走一步看一步吧！」

劉備對呂布也存有戒心，所以就讓他駐紮在徐州附近的小沛。

那天，劉備把關、張兩人叫來，告訴他們一件事——漢獻帝下令正式任命劉備為徐州牧。關、張聽了**眉飛色舞**，正要說些慶賀的話，但見劉備卻不像是很高興，反而顯得**心事重重**的樣子。兩人正想開口問，劉備自己就說了：「這雖然是一件值得高興的事，但是這任命卻有一個附帶條件……」

「什麼條件？」張飛急不可待問道。

「唉，條件是要我除掉正在小沛的呂布！」劉備說。

關羽說：「既然是朝廷的命令，那就**出師有名**，照辦就是了！」

「是啊！我也早就想殺了這小子！」張飛接嘴道。

「哪能啊！」劉備搖搖頭說：「呂布是在遭難時來投靠的，怎能收留了他又去殺他，這不是**背信棄義**的行為嗎？我做不出來。」

「大哥就是有一副好心腸！」關羽讚歎道：「我看，這肯定是曹操向獻帝提出的計策，現在朝廷任命官員還不是他曹操說了算！他和呂布上次的仗還沒打完，見呂布跑到大哥這裏來，就想用大哥的手來除掉他！」

關羽是個有頭腦的人，劉備很同意他的分析，而且事實也正是這樣：自從曹操打敗董卓餘黨，救出獻帝一行，後來又逼皇室遷都到他自己的大本營許縣，之後曹操就掌控了朝廷大權。知道呂布投靠了劉備，曹操非常生氣，他的謀士為他出了這個離間劉備和呂布的主意。

「二弟説得對，情況就是這樣，這個條件是曹操給我的密信中提出的，不算是朝廷的正式命令。」劉備説：「現在只能**陽奉陰違**了！」

主客換位

劉備在徐州很得人心，對於曹操操縱朝廷發出的命令置之不理，沒有去殺呂布。

劉備居然敢不聽從！於是曹操又生一計——他要獻帝下詔叫劉備去攻打袁術。袁術是在淮南揚州地區的軍閥，擔任南陽太守，他一向**野心勃勃**，想擴大地盤，也是曹操心中的一根刺。但曹操同時又給袁術發了密函，告訴他劉備將要來進攻。曹操想讓劉備和袁術開戰，不管誰贏誰輸，他總能得利。

劉備說：「我們的兵力不如袁術，出戰是必敗無疑的。但是朝廷的命令不能違抗，我又擔心徐州的安危，這是多家諸侯**眼饞**的要地……」

張飛拍拍胸脯說：「大哥放心前去抗袁吧，這裏有我守着呢！」關羽不放心地說：「三弟你啊，一喝酒就會誤事，徐州怎能交給你呢！」

張飛舉起手指起誓：「守衛徐州期間，我絕不喝酒！」

徐州總得有個強將守住，於是劉備**千叮萬囑**張飛不能喝酒，要保持頭腦清醒，時刻警惕形勢變化，他就和關羽率領近萬士兵出征。

可惜張飛嗜酒的本性不改，一天晚上他又找來一些將領喝酒，自己喝得**爛醉如泥**，一位叫曹豹的不肯喝，被火爆的張飛下令鞭打五十下。曹豹是呂布的岳父，怎嚥得下這股怨氣，立即去向呂布投訴。呂布見劉備離開了徐州，張飛又是個醉鬼，就乘虛而入，馬上出兵徐州。

劉備和袁軍的戰事正進行得火熱之際，忽然傳來緊急軍報——呂布乘人之危，糾結了陶謙留下的兵馬造反，正在偷偷進駐徐州。

關羽大罵：「呂布這小子終於暴露了他的賊性！」他**摩拳擦掌**說要前去殺掉這**忘恩負義**的叛徒。

劉備搖頭深歎：「唉，是我錯看了人，兩位賢弟的擔憂不是多餘的，呂布果然不改其**投機取巧**的本性！」

劉備急急領着人馬趕回徐州，但是呂布有叛將曹豹作內應，已經輕輕鬆鬆佔領了全城，**堂而皇之**地坐鎮州府衙門了！劉備的兩位夫人被押作人質，張飛也被趕出了城門。

關羽指着張飛大罵：「你啊你！你是怎樣向大哥許諾的？如今闖下這等大禍，怎有臉面對大哥？」

張飛十分內疚，跪在劉備面前懇求軍法處分，劉備扶起他說：「我們不是發過誓要共生死的兄弟嗎？**兄弟如手足**，手足不能斷。只怪我沒聽兩位賢弟的話，養了呂布這忘恩負義之徒！」

劉備對二人說：「目前徐州已經沒有我們立足之地了，還是退守附近的海西吧！」

海西只是一個小縣城，資源匱乏。劉備的幾千人馬給當地帶來了沉重的負擔，軍糧常常不足，官兵們往往是**吃了上頓沒下頓**，經常捱餓，士氣消沉。劉備實在看不下去了，對關、張兩兄弟說：「我不忍心讓手下餓肚子，我們回徐州去吧！」

張飛大驚：「啊？回徐州向那個呂布小賊討飯吃？我不幹！」

關羽理解大哥的難處，勸慰道：「大哥這是萬不得已的一步，徐州畢

呂
州徐

呂
呂

竟是我們熟悉的地方，老百姓對我們也好。暫先寄人籬下，再作打算。」

劉備寬慰地說：「二弟說得對！先解決眼前的難題。**大丈夫能屈能伸**，暫向呂布低頭，總有一天會抬頭**揚眉吐氣**的！」

兩個義弟是深知大哥**堅韌不拔**的奮鬥精神的，就再也沒有異議。

劉備帶了幾千人投奔呂布。無甚心機的呂布竟然接受了，也讓劉備駐紮在小沛，上報豫州刺史，又釋放了兩位夫人。

只是一年工夫，徐州上演了主客換位、**喧賓奪主**的一幕鬧劇！

轅門射戟

那邊袁術見到呂布現在比劉備強大，俗語說：「柿子要揀軟的捏」——**先易後難**，便想聯合呂布來收拾劉備。

劉備駐紮的小沛屬豫州地區，南邊連着揚州，西邊是徐州，北邊挨着兗州，小沛正好位於各州的交接點上，地理位置非常重要。

為了拉攏呂布，袁術先是寫信給呂布表示友好，說要給呂布送去二十萬袋糧食，而且以後會長期供應；並為自己的兒子向呂布的女兒提親。呂布**欣然**接受，兩家開始籌備婚事。

安撫好呂布之後，袁術就派大將紀靈帶兵數萬來進攻小沛。劉備身邊只有幾千兵力，完全抵擋不了，就與兩弟商量對策。

「袁術一直是想向南發展的，上次被呂布的偷襲徐州打亂了計劃，他並不甘心，看來這一仗是不可避免的了。」張飛說。

關羽分析：「其實袁術的目的不會僅僅是我們這個小地方，他還是想佔領徐州的。所以我們可以說服呂布聯手對付袁軍。」

劉備表示贊同：「對，現在我們只有約五千人馬，糧食也不夠，與袁術的實力相差很大，看來二弟說的辦法是解決目前危機的**唯一出路**。」

劉備寫信向呂布求援。呂布因為袁術已經表示了友好的態度，所以很猶豫。他手下的軍師陳宮提醒他：「如果小沛被袁術攻克，徐州的大門就向着袁術打開，這是很危險的。看來袁術攻小沛『**醉翁之意不在酒**』啊！」

呂布想到袁術承諾送他的糧食遲遲沒有運來，婚事也一拖再拖，看來這些諾言只是袁術的口頭表示，為的是不讓自己阻擋他攻打劉備。而一旦袁術佔領小沛，下一個目標肯定就是徐州了，袁術會集中力量來對付自己。**脣亡齒寒**，不能坐視不理啊！

於是呂布回信，答應出兵援助劉備。他的這個決定出乎劉關張的意料之外，但也**正中下懷**。

紀靈帶領袁軍來到小沛東南紮營，幾萬士兵的軍營滿布山坡，**旌旗招展**、**鼓聲隆隆**，聲勢浩大。劉備只得勉強安排布陣，準備應戰。

呂布率領一千步兵和二百騎兵來到小沛西南駐下。紀靈寫信責問呂布怎麼不守信用，呂布回信要他**稍安勿躁**，靜候安排。陳宮幫呂布想出了一個不得罪雙方的辦法——邀請劉備和紀靈前來赴宴談判。

劉備和紀靈都以為呂布是單獨約自己見面的，想不到**兵刃相見**的雙方都在場，不免有些**忐忑不安**。

席間，呂布對紀靈說：「玄德是我兄弟，現在他被你們圍住，我是來解救他的。我不會參與你們雙方的戰事，也不想看你們打鬥，我主張**息事寧人**，消除糾紛。我是來調解的，希望你們雙方都收兵吧！」

紀靈說：「我是奉命來出征的，怎可不戰而歸？」

劉備也壯壯膽說：「袁軍挑起事端，我們是一定要應戰的。」站在他身後的張飛手按劍鞘，怒目望着紀靈。

關羽按住張飛的手，問道：「請問呂將軍有什麼妙計可以調解？」

呂布說：「既然雙方都不肯讓

步，那麼讓我們來看看天意吧！」

呂布吩咐手下人在轅門外插上一支畫戟，對劉備和紀靈說：「這支畫戟離這裏有一百五十步遠，若是我能一箭射中畫戟的小枝，你們兩家就要退兵；我若是射不中，你們就都回去準備**廝殺**。誰要是不服從，我就幫另一方來對付他。」

紀靈心想，這麼遠的射程，呂布很難射中的……算了，就給這個調停人一個下台階吧。於是就答應了。劉備也只好點頭稱是聽天由命了。

呂布着人取來弓箭。只見他挽起戰袍，搭箭上弦，等扯滿了弓後——

嗖的一聲，箭頭像流星一樣飛了出去，不偏不倚，正好射中了畫戟的那根小枝！屏氣**凝神靜觀**的眾將領爆發出一陣歡呼聲，嘖嘖稱讚呂布的神奇箭術。

呂布扔下手中的弓大笑：「看，這是上天要你們休戰！來，一起喝一杯！」大家與眾將痛飲後散席。

呂布的高超武功化解了一場惡戰。紀靈只好收兵回去稟報袁術，但他提出了一個**彌補**辦法——催促早日辦好兒女婚事，與呂布結成親家，以後聯手對付劉備就容易得多。但有人提醒呂布説不能把女兒送去當人質，所以這頭婚事也就不了了之。

第二章 敗於呂布棲虎穴

呂布恩怨

那天，劉備與兩兄弟在閒聊時，有人傳來消息：袁術在壽春自行稱帝了！

袁術稱帝一事遭到各方諸侯的反對，各地紛紛起兵**討伐**他。首先是在江東的孫策脫離袁術，收得廣陵、江東大片地區；然後是呂布在淮北聲討袁術，其實起因倒是袁術先領了二十萬大軍來一報徐州之仇，呂布先派了劉關張三兄弟出征對抗，自己也帶兵從東邊夾擊；孫策從西面襲擊；曹操帶十七萬人馬親自出兵征討，斬殺了袁術的四名大將。袁軍大敗，袁術被迫向淮南逃去。

此時，劉備手下只有幾千人馬，他對關、張兩弟說：「當前我們的首要任務是擴大軍力，不然就只得一直**寄人籬下**，被人掌控被人利用。呂布越強大，我們就越喪失了存在的價值，最終會被消滅。」

關、張兩人都覺得這是個道理，所以配合劉備在小沛**勵精圖治**、整頓經濟、招兵買馬、訓練新兵。很快，劉備就有了一萬人的軍隊，這個數目

在當時的諸侯中算是很少見的了。

呂布眼見劉備在不斷努力增加軍力，心裏很不舒服。而且看到劉備能在這麼短的時間內取得很大進展，他意識到雖然自己佔領了徐州，但是徐州的人心還是向着劉備。如此下去後果將**不堪設想**，徐州遲早會回到劉備手中。於是呂布決定先下手為強，收拾劉備。

公元196年，呂布舉兵進攻小沛。

論實力，呂布還是強於劉備，而且劉備**猝不及防**，初戰就吃了大虧，差點全軍覆沒。劉備只得棄城逃跑，家中的妻小也顧不上了。

三兄弟商量對策。關羽建議：「目前能對付呂布的看來只有曹操了，不如大哥去向他求助吧。」

劉備想想也只有這條路了，便派人送信求曹操出兵援助。

曹營中意見分歧，有人認為曹操應當**趁機剷除**劉備，以免後患；但也有人認為應該幫助劉備這位賢士以得人心，而呂布為萬人不齒，倒是應借此機會打擊。

曹操同意後一種意見。於是撥給劉備軍隊和補充軍糧，要劉備聚集殘部與曹軍一起反攻呂布。劉備大喜：「我軍有救了，天不絕我也！」

曹軍出兵攻打徐州。呂布留下陳珪陳登父子守住徐州，自己率兵迎戰。想不到陳珪父子是曹方間諜，拱手把徐州獻給了曹操。呂布只好退到徐州南面的下邳。

下邳正處在泗水和沂水的交匯處，曹軍就利用**泄洪**來水淹下邳。下邳軍民叫苦連天，但是呂布卻躲在官府整日飲酒作樂，等洪水自退。兩名軍官實在看不下去，決意投降曹軍。他們趁呂布醉得不省人事時把他綁起獻給曹操。

五花大綁的呂布被帶到曹操和劉備面前。呂布知道今天在兩大敵人面前自己凶多吉少，便運用**蓮花巧舌**力數往日自己為朝廷殺賊的功勞，並說日後可在曹營成為最強的將領為國效勞，企圖打動曹操的心。

劉備在一旁看見曹操似乎有些心動，便急忙提醒他：「別忘了丁原和董卓是怎麼死在他手中的！」

呂布一貫見利忘義，連殺兩個義父，這些事早就使他**臭名昭著**，留着他無疑是**養虎為患**。於是曹操把心一橫，下令把呂布處死。

劉備與呂布之間的恩恩怨怨，就此告終。

虎穴棲身

劉備得以與妻兒團聚，跟隨曹操到了許都暫安身。

曹操帶劉備去見漢獻帝。獻帝令人查閱皇室的家世譜，得知劉備是西漢中山靖王的十四代孫，而且屢次為朝廷抗賊建戰功，立即封劉備為宜城亭侯；按照輩分排列，獻帝還是劉備的姪子，就行了**叔姪之禮**。

獻帝心想：曹操專權，視我為無物，如今有了這位皇叔，可作一依靠。自此人們都尊稱劉備為「**劉皇叔**」。曹操見獻帝如此重視劉備，心中很不舒服。

呂布是除掉了，但是曹操手下的部將都看得出，劉備是個英雄人物，不能小看他，將來遲早會成為曹營的麻煩。所以有人一再勸說曹操：「劉備是個人才，又得民心，遲早是個禍害，不如早日解決了。」

曹操覺得現在殺了劉備，自己會失去人心，暫時留着他還有用；好在目前劉備的實力還不夠強大，沒有構成對自己的威脅，反倒可以利用劉備對漢室的一片忠心派他出征，討伐一些叛變的諸侯將領，成果就可記載在曹操的功勞簿上。於是曹操呈報封劉備為**左將軍**，關羽和張飛是中郎將。左將軍雖是個次於大將軍的武職，但卻沒有什麼實權。曹操表面上很重視這位劉皇叔，以厚禮對待——外出就乘同一部馬車，吃飯就同桌。劉備這才稍稍安下心來。

關羽提醒劉備：「大哥，現在看

來曹操對您還不算差，但是還要小心提防他啊！」

劉備答道：「我知道，他是個多疑的人，時時在防着我們。我們要低調些，別太張揚。」

關羽和張飛都點頭説：「大哥説的極是，我們知道該怎麼做。」

於是劉備在左將軍府裏**靜悄悄**地過日子。他在後園開闢了一塊菜地，種上四季蔬果，整天戴着**斗笠**，手拿鋤頭，不是在澆水就是在除草。平時很少出門。三人也減少了練武。曹操看在眼裏，心存疑惑：難道他真的安心下來做菜農了？

建安四年（公元199年），驕橫的曹操在朝廷的勢力日益增強，獻帝忍無可忍，跟伏皇后的父親商量對策。兩人都認為不能讓曹操如此**橫行霸道**下去，要想法制約他甚至除掉他。其他諸侯可能不會盡心，但劉皇叔是可依靠的皇親，要依賴他去聚集人。最後決定由獻帝割破手指用血書寫一封詔書，歷數曹操的倒行逆施行為，號召愛國志士齊來殺曹。詔書被縫在一條玉帶裏交給車騎將軍、國舅董承。

那天，董承秘密去見劉備，先向他訴說了曹操的種種劣行，劉備還以為董承是曹操派來試探他的，便**虛與**

委蛇，隨便應付着。後來董承展示了血詔書，說：「劉皇叔乃皇室宗親，如今漢室被奸臣霸道，望皇叔**力挽狂瀾，扶正匡良**」。

劉備**大慟**，留着淚對董承說：「皇帝有難，為臣的殺賊**義不容辭**，臣願效**犬馬之勞**，聽從調度，**伺機而行**。」董承還聯絡了其他幾位忠臣，擬出了一份反曹聯絡名單。

劉備恐怕曹操看出破綻，更加小心翼翼，行事**如履薄冰**；而且整日在菜園忙碌，裝成很悠閒的樣子。

驚論英雄

一天上午，劉備正在菜園裏忙碌，曹操派人來找他：「丞相請你馬上去見他。」劉備吃了一驚，心想：可能曹操知道了血詔書一事來**興師問罪**！來到丞相府，聽到曹操説是請他來賞梅飲酒，劉備這才稍微安心。

兩人正在談笑之際，忽然天上烏雲密布，颳起大風，大雨欲來。曹操指着空中似飛龍般的雲朵感慨地說：

「做人就要像這飛龍一般，能上能下、能隱能現，上時在空中自由飛翔，下時能潛伏水中**不動聲色**，伺機再起。世間的真英雄就該如此。皇叔走遍天下，見多識廣，你認為當今誰是這樣的英雄？」

劉備猝不及防，只好**支吾**回答說：「我看……淮南的袁術，屢敗猶戰，現在又兵多糧足，是位英雄吧？」

曹操把手一揮：「袁術？他的一隻腳已經踏入墳墓，我遲早會收拾他。」

劉備又說：「河北的袁紹，望族出身，佔據着冀州，手下很多良將，該算是英雄了！」

曹操大笑：「袁紹**外強中乾**，表面強大，其實他沒有魄力沒有膽量，貪圖小利，**優柔寡斷**，做不成大事，不能算是英雄。」

劉備硬着頭皮說：「荊州劉表，佔領九州，**天時地利**，應是英雄。」

「哼，劉表膽小怕事，不會利用九州良地，實乃無用之輩！」

劉備最後搬出孫策：「這位江東年輕幹將，是新起的英雄，不能**小覷**！」

曹操一副不屑的表情：「孫策只是依仗他父親的名聲，算不得英雄！」

劉備無以為對，只好說：「這些都不是英雄？那我真的不知道了。」

曹操很認真地說：「那些都是**碌碌無為**之輩，英雄應該是**胸懷大志**、心有良計、不怕挫折、越戰越強，能包藏宇宙、吞吐天地的人！」

劉備問：「那丞相以為誰才是英雄呢？」

曹操用手一指劉備，再指指自己：「當今稱得上英雄的，唯有你、我兩人而已！」

劉備一聽吃了一驚，以為曹操看穿了他的心事，嚇得手中的筷子也掉在了地上。正好此時隨着一個閃電響起了一陣隆隆的震耳雷聲，劉備拾起筷子道：「哦，這響雷把我嚇得筷子

都掉了！」

曹操笑道：「男子漢大丈夫，連雷聲都怕嗎？」

劉備也**急中生智**，回答說：「孔夫子遇到迅雷暴風也會嚇白了臉，我這個**凡夫俗子**怎麼不怕？」

劉備的幾句話總算把自己的驚慌

掩飾過去。關羽和張飛擔心劉備單獨去丞相府不安全，又見他遲遲未回，就闖了進來。見劉備無事，兩人正喝酒談天，機靈的關羽就打哈哈說：「大哥怎遲遲不歸，原來兩位在賞梅喝酒，我和三弟前來舞劍助興吧！」

曹操知道這兩人是擔心劉備的安危趕過來的，也就**順水推舟**說：「兩位將軍請坐，一起喝一杯！」

劉關張三人走出丞相府後，劉備對兩弟說：「看來我扮菜農掩飾自己是白做了，曹操已經看破了我的心思，這裏不能久留了！」

第三章 抗曹失敗走新野

離曹抗曹

稱帝後的袁術過着荒淫無度的生活，最終**坐吃山空**。他就一把火燒了壽春的皇宮，外出投靠以前的部將。誰知無一人肯收留他。**眾叛親離**的袁術只得去求助兄長袁紹，説願意把王位讓給他，會交出玉璽和帝號，只求有棲身之地。

袁紹就派長子袁譚南下接應袁術。曹操為防止袁氏兄弟聯合，就想派人在半途攔截。劉備覺得這是個脱離虎穴的好機會，便主動請纓，對曹操說：「丞相待我不薄，如今是我報答大恩的時機，讓我前去徐州截襲袁術吧！」

曹操也覺得劉備是合適人選，沒有多想就答應了，派給他五萬人馬。劉備生怕曹操**出爾反爾**，就藉口說兵貴神速，急急率領部下出征了。等到曹操的謀臣提醒他這樣做是**放虎歸山**，派兵去追，已是遲了。

劉備對關、張兩人說：「現在是兩位賢弟**大展神威**的時候了！曹公好心收留我們，待我們也不薄，這次就報答他一下吧！」

他們在徐州成功攔住袁術人馬，殺得袁軍大敗。袁術得不到援助，只好沒命逃跑，不久就**鬱鬱寡歡**，吐血而死。等到曹操派出的許褚帶了五百人趕來叫劉備撤兵回去，劉備一口拒絕，對許褚說：「請把袁術的這具屍體和他的玉璽帶回去，作為我們對丞

相的答謝禮吧！」

劉備帶隊伍來到徐州下邳，州長車胄本要設宴迎接劉備一行。劉備的一個老部下卻告訴劉關張三人說：「您們先不要進徐州城，不然就危險了！」

劉備忙問是怎麼一回事？那老部下說：「曹操早就命令州長車胄在城裏**埋伏**了殺手，只等皇叔您一進城就動手。」

關、張聽了大怒，立刻衝進徐州城內，砍殺了刺史，再次佔領徐州，迎接劉備安全進城。徐州百姓見到劉備回來非常高興，各個郡縣都背叛曹操歸附劉備，劉備麾下的隊伍迅速擴大，大軍駐紮在沛縣。

曹操氣得馬上派出兩員大將去征討劉備，此時的劉備**意氣風發**，他的部隊正值勢強氣盛，士氣很旺，曹軍無功而返。

建安五年（公元200年），車騎將軍董承聚眾反曹的事暴露，曹操的手下在董承家搜出玉帶裏的詔書和反曹名單，曹操處死了名單上宮裏的人，連帶**株連九族**。這件事激化了曹操和劉備之間的矛盾，因為劉備也是名單上的人，曹操對他**恨之入骨**，要立即出兵去攻打。

劉備在徐州還沒站穩腳跟，這下很緊張。他與關、張商量，兩人都說：「目前只有袁紹的力量能抵擋曹操，求他幫助吧！」

看來眼下也只有這個辦法。劉備就派人去和袁紹談。誰知袁紹的回覆竟是：小兒患病在牀，無心出征。

劉備對兩弟說：「據說，袁紹的三子僅僅是生了疥瘡發高燒，沒有大病。看來他是敷衍我們罷了。」張飛憤然說道：「不必靠別人，我們自己來對付！」他想出了用偷襲的方法先下手為強，並親自帶兵出征。

其實曹操早就做好了準備，他

布置了兵力埋伏，引誘張飛陷入包圍圈。張飛**寡不敵眾**，帶了一些人逃到芒碭山。劉備見前線失利，急忙出城接應，也被打得**落花流水**。曹軍又放火燒了沛縣。混戰中，劉關張三人失散了，劉備只得放棄徐州，隻身向北到青州投奔袁紹的長子袁譚。袁譚帶他去鄴城見袁紹，袁紹出城二百里來迎接劉備。劉備在此逗留了一個多月，失散的部下陸續前來與他會合。

鎮守下邳的關羽盡責照顧劉備的兩位夫人，落入曹軍陣中，被勸說**投降**。關羽不想背叛劉備，但是又不能不顧兩位夫人的安危，便提出有條件的投降——一旦他知道了劉備的下落，就要攜帶劉備的家眷去與他相聚。曹操敬佩關羽的義氣，答應了這個條件。曹操想慢慢說服關羽為自己效力，就處處厚待他，贈他赤兔駿馬，給他錦衣玉食，企圖一步步感化他。

投靠了袁紹的劉備當然不甘心被曹操奪去徐州，他勸說袁紹出兵攻打曹操，袁紹手下分成打和不打兩派，爭執不下。劉備**曉以大義**：「曹操是朝廷的叛賊，出兵征討他是**替天行道**、維護皇室。當今天下唯您袁氏在諸侯中實力最強，此等大事不靠您還能靠誰？義不容辭啊！」

袁紹被他說服了，他命令幕僚陳琳寫了一篇討伐曹操的檄文，親自帶領十萬大軍向許都出發，曹操以一萬人迎戰。兩軍在白馬交戰，曹操派關羽當前鋒，關羽一顯實力殺了袁軍大將顏良和文醜。消息傳來，氣得袁紹向劉備大吼：「你的兄弟斬了我的兩員大將，你如何向我交代？」

劉備忙道：「將軍息怒！二弟出於無奈身在別人屋簷下，也是被迫如此做的。待我寫封信給他，要他速速來袁將軍處共同抗曹，他一定會聽我的。」雖已發信，但劉備仍是**如坐針氈**，深怕袁紹一時興起會殺了他。

關羽接到信後，得知劉備在袁紹那裏，就辭別曹操，交還所有饋贈，只留下赤兔馬當自己的坐騎。關羽帶着劉備的兩位夫人，**過五關斬六將**，渡過黃河來到古城見到張飛，消除了張飛對他的誤解。劉備聽説關、張已重逢，便對袁紹說，他要去汝南與起兵的劉辟等人聯絡共同伐曹，騷擾曹軍後方。劉備以此藉口離開了冀州，到古城與關、張倆團聚。劉備見到兩位義弟激動萬分，尤其是對**千里走單騎**護送夫人回來的關羽，劉備**感激涕零**。三人抱頭大哭，之後大擺宴席慶

祝了一番。

袁紹並不退兵，繼續進軍到官渡，**兩軍對峙**一個多月，後來曹軍得到線報，燒了袁軍的烏巢糧倉，袁軍大敗。戰鬥中袁譚被殺，袁紹的另外兩個兒子逃到遼西投靠烏桓族，曹操乘勝追擊，日後擊敗烏桓，就此統一了北方。

救帝無功

在官渡大敗之後不久，袁紹得病去世。劉備帶領關、張在汝南落腳。

雖然發起反曹聯書的一夥已經失敗，但是作為宗室成員的劉備仍一心牽掛着漢室，牢記着獻帝的除曹委託。

早在曹操與袁紹打得火熱之時，劉備就與關、張商量：「現在曹操北伐，顧不上許都，我們不如趁機偷襲許都，救出獻帝，擺脫曹操的控制。」

關、張兩人當然同意大哥的做法。關羽還說：「目前曹軍在對付袁紹時**消耗**很大，看來他們也無力再顧及許都。」於是他們帶着為數不多的兵力向北朝許都出發，曹操聽說此事，急忙率領兵馬回頭南下去救許都。兩軍在許都北面的穰山相遇。

曹軍一來是長途跋涉急行軍趕過來的，二來在官渡一戰中已經**精疲力竭**，而且曹操低估了劉備的軍力，沒把他放在眼裏；而劉備這邊，有勇猛的關羽、張飛和趙雲率兵，**鬥志旺盛**，所以交戰初期曹軍敗下陣來。

曹操採取了**聲東擊西**的戰術，派大將夏侯惇去攻打劉備的大本營汝南，逼得劉備急派關羽帶領六千人趕回汝南去救急。曹操又偵察到劉備的軍隊補給路線，派兵截住了一支補給軍，斷了劉備前線的糧草，劉備只得再抽出六千人馬給張飛帶去救援。這樣，劉備身邊只剩下五千兵力。

曹
曹
曹
曹

劉
劉
劉
劉
劉
劉

俗話說「**泥菩薩過河，自身難保**」，他哪有能力去保護獻帝？只好退下兵來。

可是劉備的退兵也不順利，曹操沒有放過他，在半途設了埋伏。劉備陷入包圍圈，進退不得，正在危急之際，幸得關羽的兒子關平和大將周倉趕來，用大刀殺出一條血路，把劉備救出重圍。

曹操佔了汝南，拔掉了劉備的地盤。劉備不想也無力與他交手，就離開了中原，**自此之後他再也沒有踏足中原**。劉備一行又無家可歸了。

劉備對關、張兩弟說：「現在只

有一條路了——向西去荊州投奔宗親劉表。大家都是劉氏家族，想必他會接納我們。」

關羽聽罷點頭道：「看來投靠荊州牧，這是我們目前最好的出路了。」

這是建安六年（公元201年）九月間的事。

駐足新野

劉表得知消息後，親自到襄陽城外隆重熱情地迎接，對劉備一行待以上賓之禮，劉備很感動，也很感激。

劉表把北部的新野交給劉備紮

營，還撥給他一些人馬。新野距襄陽東北五十里，是襄陽的防禦據點，一旦北方有軍隊來犯，新野就是個**要衝地**。劉表是個表面寬容、**內心多疑**的人，他把劉備安排在此，也便於自己監視劉備的動向。

荊州的豪傑們都**慕名而來**歸附劉備，還有一些是原袁紹的部下，劉備原本幾千人的隊伍逐漸擴大。見此，劉表心中不免有些顧忌，但他表面上還是很尊重和照顧劉備。

在新野的七年，劉備度過了一段平靜的生活。他努力治理新野，**整頓秩序**，關心民生，受到民眾的擁戴。

甘夫人也為他生了一個兒子劉禪，就是阿斗。

但是平靜的日子卻使劉備覺得**度日如年**，滿懷抱負得不到伸展，心中很難過。有一天，劉表來新野視察，劉備以酒席招待。席間劉備上廁所，回來坐下後卻悄悄流淚。劉表見他鬱鬱不樂，問他心中有什麼事。劉備答道：「唉，本來我時常騎馬作戰，是個**奔馳戰場**的人。但現在好久沒騎馬了，看，我這兩條大腿上都長出了肉……」說着，他拍拍自己的大腿搖頭歎氣。

「沒仗可打，不用騎馬，能過

和平日子是好事啊！難道你盼望戰爭？」劉表一向以荊州的和平自傲，聽到劉備這樣說，有些不高興。

劉備聽出主子話中的意思，緊張得**額頭滲汗**，連忙接話說：「當然國泰民安為好，這是為官的心願啊！我只是感歎自己年已過四十，一生奔波，卻一事無成……慚愧慚愧！」

劉表見他很緊張，就岔開了話題。

當劉表在江夏的部隊叛變，劉備主動請纓，帶着關羽、張飛、趙雲去平定了叛亂。這事令劉表很高興。

建安七年（公元202年），劉表命令劉備帶領軍隊北上，和曹軍大將夏侯惇、于禁在博望坡交戰。劉備放火燒自己的營地，假裝後撤，卻設下埋伏誘敵深入。夏、于中計，追擊劉備而進入埋伏圈，被劉備軍打敗。曹軍來支援，劉備兵力不夠就不再追擊。

這兩次，劉備都為劉表抗敵立了功。建安十二年，劉備見曹操忙於北上征服烏桓，勸說劉表偷襲許都，做事**猶豫不決**的劉表說：「我已經擁有

荊州九郡，還圖什麼？」並沒有採納他的意見。

曹操平定北方後回頭要進軍中原，劉表這才對劉備說：「以前沒有採納你的建議，現在失去了良機。」劉備平靜地說：「如今天下**四分五裂**，戰事是不會斷的。以後還能有這樣的機會，如果今後能及時把握機會，那麼兄長就不必悔恨這次的事了。」

新野的兵力越來越強，劉表手下的謀臣就建議劉表要早日除掉劉備這個禍根，而且認為要越快越好。但是幕僚中也有人反對，他們認為劉備軍內一半是袁紹的舊部，不一定會對劉備**忠心**，所以劉備目前的力量無須擔心；而按照曹操的實力，在平定北方之後，一定會南下來征服荊州，屆時就可利用劉備在北面抵抗曹軍，或可乘機襲擊劉備討好曹操，作為和談的資本。

聽取了這些意見之後，劉表覺得劉備還不是禍根，決定暫不動手，但要對他**存有戒心**。

躍馬檀溪

但是劉表的後妻蔡夫人和她的哥哥蔡瑁卻猜測劉備**懷有異心**，總想除掉他。蔡瑁擔心劉表過於重用劉備，最終劉備會搶走他在劉表心中的位置；而蔡夫人則另有心計——她生怕劉備會破壞她要立兒子為繼承人的計劃。所以這兩人常常在劉表面前說劉備的壞話。

上次劉備帶關、張和趙雲去江夏平定叛亂時，與叛將張武、陳孫交戰。趙雲首先出戰，沒幾個回合就把張武殺在馬下，順手把他的坐騎牽了過來。劉備一見這匹**駿馬**讚道：「是匹千里馬！」回到荊州的慶功宴上，劉備把那匹駿馬獻給了劉表。但是事後劉表的謀士蒯越卻說：「此馬不吉利，看牠的眼睛下面有淚槽，額上有白點，名叫『的盧』，對騎牠的人是有害的，主公不能留牠。」

劉表就把這馬還給了劉備，說：「將軍經常要作戰，用得到牠。」劉備騎了的盧出來，半途被劉表的一位幕僚伊籍見到，問他：「聽說這匹馬會危害主人，將軍為何還騎着牠？不如送給他人。」劉備答道：「若真是不吉利的馬，我不能害別人。其實**生死皆是天命**，豈是一匹馬能左右的？」伊籍很佩服他的見解，兩人就此常有來往。

建安十二年春，劉表邀請劉備到

荊州城喝酒，慶賀他得了個兒子。酒喝到一半，劉表忽然長歎一聲，劉備忙問：「兄長有何心事？玄德能否幫忙？」

滿面愁容的劉表說：「有一事一直想對你說：前妻生的兒子叫劉琦，現任夫人蔡夫人生的兒子叫劉琮，眼前就有個選擇繼承人的問題不得不解決。」

劉備問他：「兄長自己的意思如何？」

劉表說：「劉琦聰慧能幹，長相很似我，也很孝順，只是性格有些懦弱，恐怕成不了大事；劉琮也很聰明，是個人才。但是假如我廢了長子而立幼子，那就不合禮法；假如我立了長子，夫人的蔡氏族人都掌管着軍務，日後必定會發生動亂。所以我很為難。」

劉備說道：「自古以來，凡是**廢長立幼**的做法，必然會引起**禍亂**。假如兄長擔心蔡氏的權力太大，就設法慢慢**削弱**他們，不可偏愛幼子啊！」劉表聽了沒出聲。

蔡夫人一向不信任劉備，所以每逢劉備來到與劉表獨處時，她總是躲在屏風後面偷聽他們的談話。這次她聽到了劉備的這番話，更增加了對他的恨意。她與哥哥蔡瑁商量說：「劉備在此，總是一個**禍根**，會妨礙我們，早些除了他吧！」

於是蔡瑁對劉表說，要在襄陽舉辦一個慶**豐收**的宴會，劉表說自己身體不好不去主持了，建議請劉備去代替他，恰好順了蔡瑁的心意。

劉備接到邀請後與大將們商量。關羽說：「如果大哥不去赴宴，反倒會引起主公**猜疑**，應該去！」

張飛反對：「這不會是件好事，很危險，別去！」

趙雲說：「還是要去的，我帶三百人去保護皇叔。」劉備同意了。

劉備帶趙雲等三百人到襄陽赴會。宴會那天，劉備獲安排在正座，劉琦和劉琮分坐兩邊，趙雲本持刀站立在劉備身後，但被蔡瑁趕出廳外。宴會進行到一半，伊籍起身敬酒走到劉備身邊，悄聲要他離席去廁所。

伊籍在廁所裏告訴劉備說：「蔡瑁等人已在東、南、北門布置了**伏兵**，決意要害皇叔，請您趕快從西門逃走吧！」

劉備大驚，連忙出去，騎上的盧馬向西門飛馳。騎了沒多久，前面一條幾丈寬的檀溪擋住了去路。這時蔡瑁已經發現劉備逃走，派兵追趕。劉備眼見追兵將至，**只得催馬渡河**。的盧在河中走了幾步就陷入水中，劉備急得大叫：「的盧的盧，今天你真的要害我嗎？」他向的盧狠抽一鞭，的盧猛地**竄出**水面，像**騰雲駕霧**般

一跳三丈*遠，飛落在西岸！

蔡瑁帶兵追到溪邊，眼睜睜看着劉備騎馬飛馳而去，仰天歎道：皇叔真有神助也！

趙雲見到廳外人馬調動，心知不妙，見劉備已經不在席上，估計他已經脫險。趙雲便帶着三百人急忙回到新野。

***三丈**：三國時代，1丈等於10尺，1尺約等於現今24厘米，所以「三丈」約等於720厘米，即7米多。

第四章
三顧茅廬隆中對

求賢心切

劉備越過檀溪脫險後，**驚魂未定**，任坐騎的盧載着他漫步而行。對剛才的盧能神奇地一躍出水，帶他脫離險境，劉備仍覺得如在夢中，不可置信。

雖然是保住了命，但是劉備心中很難受。想想自己步入中年，但是幾十年間到處奔波，沒有一塊自己的根據地；身邊雖有幾名武將，但缺少能**出謀劃策**的人才，所以至今沒做成什麼大事，如此**蹉跎光陰**還要到幾時？

迎面來了一個牧童，騎在牛背上，吹着牧笛。兩人相遇時，牧童開口説：「請隨我來，我家主公已經等您好久了。」

原來牧童的主人是**世外高人**司馬徽！他博學多才，深通兵法、經學、奇門八卦，能識別人才，被稱為「水鏡先生」，很受人們敬重。他隱居世外，與**淡泊名利**的隱士龐統是好友，他很讚賞龐統的聰慧，稱他是南郡名士之首。

劉備見到司馬徽非常高興，兩人暢談到深夜，説到時世的時候，司馬徽説：「一般的讀書人和**見識淺陋**的人怎麼可能認清天下大勢呢？能認清天下大勢的人，才是**俊傑**。」

劉備就問：「那麼，以您看，誰是當今的俊傑呢？」

司馬徽答道：「卧龍和鳳雛——**諸葛亮和龐統，能得一即可。**」

當晚劉備就在司馬徽家留宿。第二天，劉備力邀司馬徽出山輔助他，司馬徽**婉拒**，稱自己是「山野閒散之人」，不宜出山入世。

司馬徽雖然回絕了劉備的邀請，但是他用另一種方式來幫助劉備。

因為龐統住得近，所以司馬徽就

安排龐統來見劉備。龐統長得又矮又胖，談吐比較隨便，說話直率，顯得不太有禮貌。因此劉備對他的印象就**大打折扣**，沒有再進一步交往的表示。司馬徽歎道：「唉，龐統的長相不太討人喜歡啊！」

趙雲帶人找到司馬徽住所，護送劉備回新野。在回新野的路上，劉備經過一個市集，見一個身穿布袍、長髮披肩、神情飄逸的士人在街上邊走邊唱，反覆唱的歌詞是：「君看，**凡良禽均擇木而居，凡賢士皆擇地而處**，但良木在何地？良地在何處？」

劉備覺得此人非同一般，似有**滿腔抱負**不得實現，便上前與他攀談起來。原來此人是豫州人徐庶，曾經拜師求道，還刻苦鑽研學問，精於謀略，很有本領，與荊州的隱士司馬徽、龐統、諸葛亮等人都有交往。

徐庶曾想去投靠荊州劉表，但見面之後覺得劉表不是個人才，就留書而別。他去司馬徽處，交談中司馬徽認為他有輔助帝王的才能。恰好劉備求賢心切，自己剛剛拒絕了劉備，劉備又看不上龐統，司馬徽便想把徐庶推薦給劉備。於是就安排兩人在劉備回新野的路上**相逢**。

劉備見徐庶**談吐不凡**，對他很佩服，就邀請他一同回到新野會見關張等人，並拜他為軍師。徐庶**不負眾望**，一上任就顯示了他的實力。

曹操想要攻下荊州，派曹仁將軍率領大軍來攻打新野。徐庶安排張飛和趙雲兩大將出陣，斬殺了擔任曹軍前鋒的呂曠、呂翔二人。曹仁大驚，親自上陣擺了八門金鎖陣，以為這下必得。誰知徐庶識破陣中破綻，找到「陣眼」，派趙雲領兵五百破了陣。徐庶還估計曹仁晚上會來**偷襲**，布置了埋伏，殺得曹仁大敗。之後徐庶還趁勝攻佔了樊城。

曹仁**灰溜溜**地返回許都向曹操請罪，曹操沒有責怪他，只是問他劉備那裏是誰在出謀劃策？曹仁答是劉備的新軍師徐庶。

於是曹操一心想把徐庶弄到自己門下。謀士給他出了個主意——徐庶是個孝子，父親過世後一直與母親**相依為命**，對母親**千依百順**，只要把他母親抓來，不怕徐庶不自動上門。

曹操派人捉來徐庶母親，並逼她寫信要徐庶前來**投誠**。徐庶母親很有骨氣，在信中寫「千萬別來許都！」但是被**篡改**為「千萬要來許都」。徐庶收到信，了解母親的原意，知道這是曹操的詭計，但是他救母心切，便跟劉備告別，前往曹營。

關羽知道此事後，擔心徐庶這個智囊去了曹營對劉備不利，就暗示劉備說：「軍師若是執意要去曹營，對我們是個後患啊，不如……」他作了一個手勢，劉備領會了他的意思，很嚴肅回答說：「徐庶這是盡孝，是天下一大仁義之事，我們不能不仁不義，不能破壞了他的家庭！」劉備與徐庶**依依惜別**，並親自送他出城。

母親見到徐庶後**悲憤萬分**，當晚就上吊自盡。徐庶十分悲痛，從此**身在曹營心在漢**，從未為曹操出過一次主意。他對漢室的忠心為後世留下了一條諺語：「**徐庶進曹營——一言不發**」。

徐庶向劉備告別之時說：「有個比我厲害十倍的人可以輔助皇叔！有了他，一定可以得天下！」

劉備急急問那是誰？徐庶答道：住在南陽臥龍崗的臥龍——諸葛亮！

三顧茅廬

徐庶向劉備介紹了諸葛亮的情況：

諸葛亮是琅琊郡楊都縣人，字孔明，出身官吏之家，祖上幾代都在朝廷做官。但父親早逝，全家婦孺全靠叔父照顧。

諸葛亮十七歲那年叔父也過世了，大哥諸葛瑾帶着母親去江東**謀生**，兩個姐姐已出嫁，諸葛亮就帶着弟弟諸葛均到南陽隆中隱居下來。弟兄倆在名為臥龍崗的山地上蓋了幾間茅屋，開闢了幾畝田地，務農為生；同時他鑽研學問，讀了很多書，並與幾位文化名人有來往，經常在一起**切磋**學問、議論時事。他很崇拜春秋戰國時期的賢臣管仲和燕國的樂毅將軍，很想像管仲那樣輔助齊桓公建立霸業、像樂毅將軍那樣能統帥五國軍隊打敗強大的齊國，認為做人就要如此創一番事業。

由於諸葛亮有學問有抱負，**思維精闢**、**料事如神**，人們都很佩服他，稱他為「臥龍先生」。

* * * *

劉備聽了很高興，說：「司馬徽也曾提起他，你們都**賞識**他，看來是個人才。那我立刻派人去請他！」

「不可！」徐庶馬上糾正他，說：「此人不能派人去請，要皇叔親自上門才能顯出誠意。」

劉備與關、張二弟說了此事，兩人當然支持大哥的決定。於是，挑了一個秋高氣爽的好日子，三人出發去隆中。

隆中是一處山地，樹木**蔥鬱**，空氣清新；諸葛亮所居住的卧龍崗是隆中的一個山頭，更是滿布青翠竹林，小河淌水，景色**秀麗**。劉備等三人策馬而行，欣賞着山區美景，歎道：「果然是名士隱居的好地方！」

來到諸葛亮弟兄倆居住的茅屋前，劉備下馬叩門求見。出來一名書僮，說道：「先生外出訪友，不在家，不知道何時返家。」

劉備很失望，只得留下話，一定要書僮告訴主人說是劉豫州來訪過。

過了一段日子，劉備心想諸葛亮應該訪友回家了，便又約同關羽和張飛一起去隆中。張飛有些不耐煩了，說：「只不過是個普通人物罷了，何必要煩勞大哥親自去見他，差人去叫他來不就行了？」

劉備**斥責**他說：「千萬別這麼說，他可不是什麼普通人，是我**百求不得**的人才，**怠慢**不得，我一定要親自去見他！」關、張奈何他不得，只好跟之前往。

已是**隆冬**天氣，山間奇寒，三人冒着風雪在山道上騎馬，非常辛苦。好不容易到了卧龍崗諸葛亮家，出來應門的是一位**翩翩少年**。劉備上前施禮，少年卻說：「先生是來見我哥哥的吧？我是他的弟弟諸葛均。哥哥前些日子應崔鈞先生之邀，兩人一同出遊，不知何時回來。」

劉備歎道：「怎麼我們這樣無

緣？兩次來訪都不曾見到。」

諸葛均邀請三人入屋休息。劉備坐下寫了一封信留下，信中表達了他專程來訪的**誠意**。

轉眼間過了年，冬去春來，劉備想這時諸葛亮應該在家了吧……他選了一個黃道吉日，自己**沐浴齋戒**，真心誠意地準備第三次去拜訪諸葛亮。

這次張飛再也忍不住了，說：「大哥不必去了，待我去把他**五花大綁**捉來便是！」

連關羽也動搖了：「這年輕人值得我們如此一而再、再而三去請嗎？請大哥三思！」

劉備正色說：「昔日齊桓公見東郭先生、周文王請姜子牙，不都是**頗費周折**的嗎？只有惜才敬才，才能得到賢才。兩位賢弟不得無禮，你們不願去，我獨自去可也！」

關、張當然尊重大哥的意願，三人又一齊上馬出發。

皇天不負有心人，這次書僮說諸葛亮在家，但是正在午睡。張飛搶先說：「快通報說劉皇叔來訪……」

卻被劉備攔下：「不必驚動他，我們在此等吧！」說着他就在屋外坐下等待。

如此一等就等了兩、三個時辰。

諸葛亮睡醒後，沐浴更衣，才出來與劉備見面。

如魚得水

劉備進入廳堂，迎面是一副對聯：「**淡泊以明志，寧靜而致**

遠」，表明了屋主的胸懷。

劉備見諸葛亮身高八尺，頭戴綸巾，身披鶴氅，風度翩翩，猶如臨風玉樹，一看就是位非凡人物。

賓主施禮後坐下，書僮奉上清茶。劉備**開門見山**說道：「當今漢室瀕危，**奸臣當道**。玄德一心為國效勞，但才薄力弱，身邊亦無高人指點，故蹉跎多年，一事無成。久聞先生大名**如雷貫耳**，今特地上門，請**不吝賜教！**」

諸葛亮見這位皇叔沒有架子，禮賢下士，**言辭懇切**地虛心請教，且竟能三次不辭艱辛從新野趕來，看來的確是真心實意祈求能得到幫助。於是他就根據自己多年對國事的觀察、對當前政治和軍事形勢的分析，直率地談了自己的看法。

諸葛亮首先肯定了劉備的護帝救國熱忱，但是**一針見血**指出：「皇叔一直沒有覓到一塊根據地立足，以致事業發展受到阻礙。」

「對啊！」劉備覺得這年輕人一下子就抓到了自己的**要害**，急切問道：「先生有何良計？」

諸葛亮**徐徐道來**：「自董卓作亂以來，天下豪傑紛起，各自**割據**一方爭戰。目前的形勢是曹操佔據北方，挾持天子，擁有『天時』；孫權在江東根基雄厚，**地勢險要**，是謂『地利』；而皇叔以仁義厚道得人心，獲得眾人**擁戴**，可說佔了『人和』。故故面對強敵曹操，不能硬抗；要聯合東吳孫權，設法取得軍事要地荊州以及天府之國益州。如此就有了**扎實**的根基，英雄才能有**用武之地**。」

劉備聽得很興奮，覺得他分析得很有理，急着問：「那麼，下一步呢？」

「有了荊益兩州後，好好治理，有了充實的基礎，下一步就兵分兩路，從荊州和益州出發抗擊曹操。皇叔以保護漢室為宗旨，順應人心，

曹
曹
曹
曹
曹

孫
孫
孫
孫
孫
孫

以德服人，能**一呼百應**，就有成功的把握。」諸葛亮說得**胸有成竹**。

劉備說：「聽君一席話，**猶如醍醐灌頂，豁然開通！**請先生以漢室為重，出山來**助我一臂之力！**」

諸葛亮笑道：「皇叔謬誇，在下亦僅是一孔之見，若要實現此策略，實有待日後皇叔帶領眾人齊力奮戰才能成事。」

第二日，諸葛亮就隨同劉備下了山入新野，成了他的軍師。這就是史上有名的「**隆中對**」。當年，諸葛亮二十七歲，劉備四十六歲。

劉備有了諸葛亮，**如獲至寶**，待

他如上賓，食同桌、寢同室，與他**形影不離**。關、張等人見劉備如此重視一名毫無實戰經驗的年輕書生，心中很不是滋味，有時不免發幾句**牢騷**。劉備說：「我有了諸葛亮，就好比**如魚得水**，你們不要多說了！」

諸葛亮也很快就顯示了他的實力。曹操不甘心上次攻新野失敗，又派遣夏侯惇領兵直撲新野，駐軍博望坡。關、張想看看諸葛亮怎樣應對。諸葛亮借用了劉備的印信**部署**戰術：要關、張各領千人帶着柴火埋伏在博望的兩邊山坡上；打頭陣的趙雲別打勝仗，而是要打敗仗。

眾將起初都**不明所以**，以為軍師在亂指揮，但實戰中證明這是很聰明的打法：趙雲邊退邊引曹軍進入埋伏圈，機會一到，埋伏的士兵迅速點火，不用打，曹軍就被燒得**潰不成軍**，連後面的糧草隊也被燒光了。

這一仗，諸葛亮僅用了三千人就輕鬆地打敗了三萬曹軍，關羽和張飛對諸葛亮佩服得**五體投地**，消除了以前的疑慮。史稱這是諸葛亮的「**初出茅廬第一功**」！

第五章
三國鼎立漢中王

聯吳抗曹

諸葛亮在博望坡打敗曹軍，激怒了曹操。此時他已基本統一北方，發展生產、擴充軍力，實力較強，就把目標轉向南方，要奪荊州和江東。建安十三年（公元208年），曹操親領五十萬大軍南下。

這時，荊州劉表病情很重，他找來劉備，懇切地對他說：「吾將不久人世，望皇叔代為照顧良子，並擔任荊州刺史。」

劉備連連搖頭：「使不得，使不得！有兩子可繼承，玄德怎能插手？」儘管軍師諸葛亮覺得獲得荊州是實現隆中對策略的第一步，劉備應該接受劉表的好意，但是**憨厚**的劉備認為這樣**趁人之危**是不道德的，堅決不肯。

劉表去世後，蔡氏設法讓她親生的劉琮繼位；大兒子劉琦則聽取諸葛亮的建議，早就主動申請調到江夏駐守，避開了繼位之爭。

曹軍分五路南下，直逼新野。劉備與諸葛亮商量說：「曹軍**氣勢洶洶**，看來這次我們抵擋不住。」

諸葛亮也說：「敵強我退，暫時不要**正面交鋒**吧。可以向南退到江陵，再沿水路到劉琦的江夏去。」

劉備說：「我不能丟下新野的百姓不顧，願意南下的可以跟我們一起走。」諸葛亮一聽急了：「我們只有三千人馬，撤退時已經很難保證皇叔安全；再帶上數萬百姓，怎麼行動啊？」

但是愛民如子的劉備堅持：「新野百姓信任我們擁戴我們，我要保證他們的安全！」劉備軍啟程南下，各地百姓紛紛跟隨，龐大的隊伍行程緩慢，每天只能走十幾里路。而荊州的劉琮被曹軍嚇壞而投降了。曹操聽說江陵一帶有糧食和武器，便帶領五千人馬追趕過來。

兩軍在長坂坡相遇，劉備的軍民隊伍被打得七零八落；張飛手持蛇矛阻嚇敵人，掩護劉備撤退；兩位夫人和阿斗都走散了，都虧趙雲在難民羣中先找到甘夫人，送到了張飛那裏；然後又找到受了傷的糜夫人和阿斗，糜夫人不想**拖累**他們，投井自殺，趙雲只好懷抱兩歲的阿斗前砍後殺，**衝出重圍**，送回劉備。誰知劉備一見滿身是血、疲憊不堪的趙雲，心痛不已，把阿斗朝地上一摔憤憤地說：

「為了這小傢伙，竟害得我差點失了一員大將！」愛將之心**滿溢於情**。

這時，去江夏借兵的諸葛亮和關羽連同劉琦帶着一萬兵力趕來接應，曹軍這才撤退。

劉備一行暫避在江夏，諸葛亮對劉備說：「目前只好聯合東吳孫權來共同對抗曹操。」

這也是諸葛亮在隆中對時提出的**一貫主張**。劉備深表同意，並說：「那就請軍師去東吳洽談了。」

正好那時佔領了荊州江北四郡的曹操在準備對付東吳，他給孫權下了戰書，聲稱有八十萬大軍來進攻。東吳將領們紛紛主和，只有謀士魯肅等人主張聯合劉備來對抗。於是孫權派魯肅去江夏見劉備。

兩人**一拍即合**，諸葛亮就跟隨魯肅到東吳。諸葛亮先與眾將激辯一番，陳述抗曹的必要性和可能性，然後又分別說服了孫權和大將周瑜。孫權任命周瑜為都督，率領三萬水軍，會合劉備共同作戰。諸葛亮留在東吳協助周瑜準備了弓箭十萬支，東吳大將黃蓋用苦肉計假投降曹操，諸葛亮又借來了東風，造就孫劉聯軍在赤壁火攻曹軍，獲得大勝。曹軍損失一半，退回北方，**元氣大傷**。

漢中王立

孫劉聯手在赤壁大勝後，兩家都想從曹操手中奪下荊州。東吳的周瑜先攻南郡，在與曹仁一戰中了毒箭，他裝死再戰，奪得了南郡。諸葛亮趁曹孫雙方**糾纏**之際協助劉備佔領了荊州南面四郡——長沙、桂陽、零陵和武陵。周瑜很憤怒，但是魯肅主張把荊州借給劉備，用劉備來抵擋曹操，這樣可讓孫權集中力量去攻打合肥。孫權採納了這個建議，雙方簽訂了契約，劉備保證日後取得西川後歸還荊州。於是劉備駐守在南郡的公安。

這時，曹操佔了北面的南陽和襄陽，孫權有江東，劉備在荊州，基本上形成了三家鼎立的局面。

周瑜得知劉備的甘夫人去世，便向孫權獻計，派人去說媒，把孫權的妹妹尚香嫁給劉備。

劉備與諸葛亮商量說：「看來這不是好事，他們想把我當人質奪回荊州，我一去東吳就沒命回來了。」

諸葛亮卻胸有成竹：「主公放心去吧，我保證你能抱得美人歸，毫髮無損！」

趙雲護送劉備去東吳，懷揣諸葛亮給他的三個錦囊。按照第一個錦囊，劉備一行到東吳後就**大張旗鼓**購買婚禮用品，宣傳劉備是來成親的，並設法把這消息傳到了孫權的母親吳國太耳中。吳國太召見了劉備，對他很中意，便主持了這場婚禮。

周瑜見**生米已煮成熟飯**，便改變策略，索性好好款待這位孫家女婿，安排他住華屋、**錦衣玉食**、**花天酒地**盡情享受。果然，劉備在溫柔鄉中**流連忘返**，不提回家之事了。趙雲看在眼裏急在心中，打開第二個錦囊，照計去對劉備說：「曹操大軍向荊州攻來了！」

劉備藉口回鄉祭祖，説服了妻子尚香跟他一起速回荊州。周瑜派兵前後夾攻，趙雲解開第三個錦囊，説是要劉備向妻子明説這是一場政治婚姻。尚香聽了**怒不可遏**，痛罵前來阻攔的吳將，跟隨劉備逃到長江邊。諸葛亮帶了船來迎接，關羽帶兵攔殺追來的吳軍，劉備一行順利回家。周瑜「賠了夫人又折兵」，氣得吐血，不久就鬱鬱而逝。

建安十六年（公元211年）曹操平定了西邊的涼州後，有意進攻漢中的張魯。張魯決定先吞併益州來壯大自

己。益州劉璋起初想聯合曹操對付張魯，便派大臣張松去洽談，但是遭到曹操冷待，張松便轉向劉備求助。

諸葛亮對劉備說：「這又是天賜的好機會！」劉備很猶豫：「劉璋和我是同宗兄弟，我去取代他，恐怕會被人**唾罵**不仁義。」諸葛亮再三指出這是實現隆中對的第二步，是完成大業不可少的關鍵。

劉備厚待張松，張松認定這是可以依靠的力量，便獻上西川地圖，並說：「劉璋太軟弱，抵禦不了強敵，皇叔現在不去，益州必將落入他人之手。」張松回去後說服了劉璋聯合劉備。

於是劉備讓諸葛亮和關羽、張飛、趙雲留守荊州，他親自率領五萬步兵西行去益州，一路**秋毫無犯**，民眾擁戴。劉璋親領人馬出城迎接，進城設宴款待。劉備的謀士龐統、法正多次勸劉備趁機殺了劉璋，但是劉備說：「劉璋對我真心誠意，我怎可做出這等忘恩負義之事？」後來劉備應劉璋之請，駐兵葭萌關對付張魯。但是劉璋聽了一些大臣的**讒言**，擔心劉備的軍力過於強大對己不利，只派給他一些殘兵老將，氣得劉備兵分兩路進軍西川，劉璋投降。劉備自封益州牧。

孫權見劉備越來越強大，很是

擔心，估計自己與劉備總歸要有一決戰。於是他首先藉口說母親病重，派船隊去把妹妹尚香接回東吳。尚香走時帶了兒子阿斗，幸虧趙雲趕來把阿斗奪回。尚香回東吳後再也沒回到劉備身邊。

然後，孫權又派魯肅去向劉備討回荊州。劉備說：「等我平定涼州後，再還你荊州。」孫權很生氣，派兵攻打長沙、桂陽、零陵三郡，被駐守那裏的關羽打敗。魯肅約關羽談判，雙方都單刀赴會，但是沒談出結果，不歡而散。

孫劉鬧得很僵，此時剛自封為

魏公的曹操突然派大軍進攻益州的門戶漢中，**人心惶惶**。劉備為了穩定局勢和拉攏孫權對付曹操，便與孫權和談，雙方議定以湘水為界平分荊州——東岸的長沙、江夏、桂陽三郡歸東吳，西岸的南郡、零陵、武陵仍屬劉備。這樣算是還了荊州的一半。

建安二十四年，孫權和劉備分頭迎擊曹操，劉備軍隊的老將黃忠在定軍山大敗曹軍，士氣旺盛。劉備高興地說：「即使曹公親自前來也無能為力，我必定佔領漢中了！」

最終，劉備平定漢中，自稱漢中王。

白帝托孤

此時的劉備，擁有荊益兩州和漢中，身邊有出色軍師，手下有關（羽）張（飛）趙（雲）馬（超）黃（忠）五員虎將，可謂兵強馬壯、人才濟濟。入川後，諸葛亮協助劉備開通了四條主要道路，開闢了郵驛事業，並修訂典制法律。治理方面，法、禮並用，威、德同行，政治逐漸清明，社會經濟發展，是劉備處於事業最輝煌的鼎峰時期。

劉備命令關羽鎮守荊州，並準備進軍中原。但關羽派人鎮守荊州，自己卻帶兵進攻樊城。正好天降大雨，

關羽用計水淹曹方七軍，斬殺了大將龐德，**威名大振**，但是右臂中了一支毒箭，多虧神醫華佗親自來為他**刮骨治療**，保得一命。

孫權見劉備力量強大得**今非昔比**，便想聯合他一起對付曹操。為了表示兩家友好，孫權想讓自己的兒子娶關羽的女兒。誰知驕傲自大的關羽竟一口拒絕說：「孫權的犬子怎配得上我的虎女？」氣得孫權轉而聯合曹操對付蜀漢，趁關羽在外作戰，派大將呂蒙進攻荊州。關羽被勝利**沖昏頭腦**，輕視敵情，大意失了荊州。關羽退到麥城，沒等到救援，突圍時被俘，押到孫權面前被殺。劉備得到噩耗抱頭大哭。

公元220年，曹操逝世，**曹丕逼走獻帝，即位建立魏國**，自立為魏文王。那時並誤傳獻帝已被殺害，劉備為悼念漢室的滅亡痛哭三天。諸葛亮等大臣勸劉備也稱帝，説：「皇叔是皇室之後，理應接替王位。」起初劉備不允，諸葛亮以當年劉秀聽從大臣勸説登位建東漢、賢明治國十二年的例子，終於説服了他。於是公元221年4月，劉備稱帝，國號蜀漢，定都在成都，任命諸葛亮為丞相。

接連幾次的噩耗使劉備**痛心疾**

蜀

首，憂慮成疾，身體衰弱；但他**信誓旦旦**說一定要為關羽**報仇雪恨**，所以他即位後的第一件事就是要進攻東吳，為兄弟報仇。三國時代一開始，蜀漢和東吳之間就爆發了一場大戰。

諸葛亮勸劉備冷靜：「我們應該聯合東吳來對付**篡位**的魏曹，只要滅掉魏曹，東吳自然會屈服。」這也是隆中對的策略。但劉備正**氣在頭上**，聽不進軍師及許多文武大臣的意見，**一意孤行**。當年七月，他留諸葛亮在成都輔佐太子劉禪，自己帶領十多萬人水陸並進出三峽，直奔東吳。

出師前又發生了不幸的事：關羽

之死讓張飛終日悶悶不樂，**借酒澆愁**，對部下**暴躁苛刻**，有兩人無法容忍，趁張飛熟睡時殺了他，投奔東吳。另一方面，老將黃忠不服老，**魯莽**上陣與東吳軍拚殺，被毒箭射中傷重而亡。五虎將中失去三大將。

一連串打擊沒有使劉備看清形勢對己不利，反而激起他對東吳的憤怒。他拒絕了孫權的求和，沿長江而下，迅速攻佔東吳五、六百里地，佔據長江上游，居高臨下；東吳軍內少了幾員大將，孫權**力排眾議**，派年輕的陸遜為大都督，帶領五萬人馬迎戰。

陸遜很有軍事才能，他避開與風

頭正盛的蜀軍交鋒，而是引兵深入，把部隊布置在險要的夷陵猇亭一帶，並不出戰。兩軍對峙了半年，天氣越來越熱，劉備就把水陸軍都移到**林木茂盛**的山邊，**一字排開**紮營，四十多個軍營綿延七百里。諸葛亮接到報告，得知這個布局後搖頭歎道：「這是必敗的營陣，唉，看來蜀漢的形勢很危險了！」他知道局勢已無法挽回，只得安排伏兵接應。

陸遜見蜀軍**人困馬乏**，士氣已大不如前，知道時機已到，便發動火攻。火勢在乾燥的山林中一發不可收拾，蜀軍被打得落花流水，**全軍覆沒**。

劉備帶領百來人連夜突圍逃走，陸

遜追到夔關附近的江邊，誤入了諸葛亮

早先布置的八陣圖，風沙飛天，濤聲如鼓，殺氣迷蒙，前進不得，只好收兵。

劉備由趙雲接應，救到白帝城。孫尚香在東吳誤以為劉備已戰死，就投江殉情。公元222年的這場夷陵之戰，與官渡之戰及赤壁之戰，同為三國史上的三大戰役。

劉備在白帝城痛哭流涕，**後悔莫及**，對諸葛亮說：「悔不聽軍師之言魯莽出戰！征戰一生，想不到竟敗在一名**默默無聞**的將士之手！」他抑鬱成病，越病越重。

公元223年4月，劉備把諸葛亮召到病榻前留下遺言，托孤於他：「先生的才能十倍於曹丕，一定能成就安定國家的大業。若是我兒可以輔佐成才，請先生輔佐他；若是他不成才，先生可以自己取代他。」諸葛亮聽後流淚說：「為臣一定盡力輔助，以忠貞之節氣效力到死！」

劉備還把兒子劉禪叫到牀前叮嚀道：「你要待丞相如同父親，跟着他行事……」

六十三歲的劉備病逝於白帝城的永安宮。五月，遺體運往成都下葬。劉禪即位，丞相諸葛亮盡其全力輔佐十一年，**鞠躬盡瘁死而後已**。

忠於皇室的劉備雖然奮鬥一生未能完成復興漢室大業，但他為人寬厚仁義、正直愛民、尊賢禮士，施行德治仁政，其高尚品德和人格魅力永為世人敬重和稱頌，留下**萬世英名**。

下冊預告

劉備一生中，與曹操多次交手，到底這位對手是個怎樣的人？下冊我們將細看這位亂世梟雄的事跡！

曹操為三國時期魏國的奠基者，出身官宦世家。他在鎮壓黃巾之亂時嶄露頭角。及後為維護漢室，帶頭對抗奸臣董卓，可惜以失敗告終，在逃亡期間更錯殺呂伯奢一家。曹操未曾放棄，繼續堅持組織聯盟討伐董卓，百折不撓，逐步增強勢力，並一步步控制漢室掌握大權……

欲知後事如何，
且看《三國風雲人物傳5》！

三國風雲人物傳 4
劉備的禮賢德治

作　　者：宋詒瑞
插　　圖：二三
責任編輯：林可欣
美術設計：李成宇
出　　版：新雅文化事業有限公司
香港英皇道 499 號北角工業大廈 18 樓
電話：(852) 2138 7998
傳真：(852) 2597 4003
網址：http://www.sunya.com.hk
電郵：marketing@sunya.com.hk
發　　行：香港聯合書刊物流有限公司
香港荃灣德士古道 220-248 號荃灣工業中心 16 樓
電話：(852) 2150 2100
傳真：(852) 2407 3062
電郵：info@suplogistics.com.hk
印　　刷：中華商務彩色印刷有限公司
香港新界大埔汀麗路 36 號
版　　次：二〇二二年六月初版
二〇二四年四月第二次印刷

ISBN: 978-962-08-8032-2

18/F, North Point Industrial Building, 499 King's Road, Hong Kong
Published in Hong Kong SAR, China
Printed in China